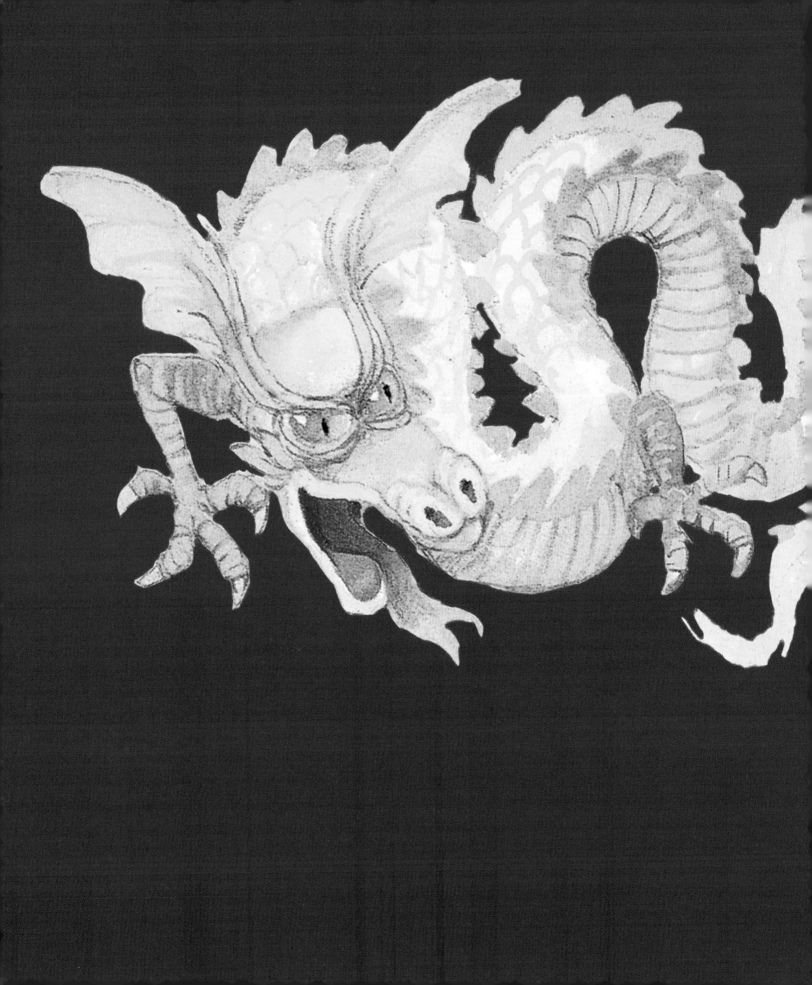

Michel Amelin • Ulises Wensell

LE PETIT EMPEREUR DE CHINE

bayard jeunesse

Il était une fois, dans un immense palais appelé
la Cité Interdite, un petit empereur de Chine
et son petit chien qui s'appelait Ouâ-Ouâ.

Ce palais était si grand qu'il fallait un jour entier
pour le traverser. Il n'était habité que par des ministres,
des suivantes et des soldats.
Personne d'autre n'avait le droit d'y entrer.
Le petit empereur de Chine le savait,
c'est le ministre des Habitants qui le lui avait dit.

Et personne n'avait le droit de regarder
le petit empereur de Chine.
Il fallait toujours lui parler en baissant la tête,
car, si on le regardait dans les yeux, on était transformé
en statue, c'est le ministre du Bonjour-Bonsoir
qui le lui avait dit.

Alors le petit empereur de Chine
restait tout seul dans son palais.
Il agitait sa tresse pour faire sauter son pékinois Ouâ-Ouâ,
et il changeait chaque jour ses habits tissés d'or,
car un petit empereur de Chine ne doit pas porter
les mêmes beaux vêtements plus d'une fois dans sa vie,
c'est le ministre des Habits qui le lui avait dit.

Le trône était surmonté d'un dragon,
tout en or et en jade.
Le dragon portait des mots sur son front.
Le petit empereur de Chine demandait toujours
une explication à son ministre de l'École :
– Racontez-moi l'histoire du dragon
qui a des mots écrits sur le front.
Je n'ai pas de ministre des Contes,
et je m'ennuie.
Alors, le ministre de l'École
baissait la tête et il disait :
– C'est le Dragon Aux Yeux Verts,
le plus méchant, le plus terrible.
Personne ne peut le combattre,
sauf l'empereur de Chine.
Mais vous êtes trop petit !
Restez avec nous dans la Cité Interdite.

Le petit empereur de Chine n'était pas content,
et son pékinois Ouâ-Ouâ non plus.

Un jour, il demande :
– Racontez-moi comment il faut combattre
le Dragon Aux Yeux Verts.
Et le ministre de l'École répond :
– Si l'empereur de Chine réussit à parler au dragon
sans mentir et s'il parvient à écrire les mots
EMPEREUR DE CHINE sur son front, alors,
le dragon sera vaincu, et il lui obéira toujours.

Le soir, dans son grand lit, le petit empereur
de Chine ne joue plus avec sa tresse ni avec son pékinois Ouâ-Ouâ.
Il rêve au dragon et à l'aventure.

Soudain, quelqu'un le secoue. C'est une petite fille.
Le petit empereur de Chine a du mal à se réveiller :
– Qui… qui es-tu ?
Comment es-tu entrée dans la Cité Interdite ?
La petite fille caresse le chien, et elle chuchote :
– Je m'appelle Tsi-Tsi, je cours vite, je suis petite,
et je sais escalader les murs et passer par les fenêtres.
Je viens du quatrième village après la Cité Interdite
pour vous demander de nous sauver.
Nous sommes en danger !
– Mais de quoi parles-tu, Tsi-Tsi ?
– Il faut nous sauver du Dragon Aux Yeux Verts !
Il a enfermé tous les habitants de mon village
dans sa grotte. Venez vite !
Tout le monde dit que seul l'empereur de Chine
peut combattre le dragon.
Et vous êtes l'empereur de Chine !
Le petit empereur de Chine est très étonné.
Tsi-Tsi l'a regardé dans les yeux
sans être transformée en statue.
Le ministre du Bonjour-Bonsoir lui aurait donc menti ?

Il se lève, prend Tsi-Tsi par la main, et lui dit :
– Je vais venir, Tsi-Tsi. Je m'ennuie dans mon palais,
et je connais l'histoire du Dragon Aux Yeux Verts.
Et ils sortent tout les deux de la Cité Interdite,
suivis du pékinois Ouâ-Ouâ.
Ils ne réveillent ni les ministres,
ni les suivantes, ni les soldats.

Au premier village, les gens meurent de faim.
Ils ne reconnaissent pas le petit empereur de Chine.
Il disent : – Le Grand Dragon nous a pris
toute notre nourriture et nous n'avons plus rien !
Donne-nous l'un de tes beaux vêtements d'or.
Nous le vendrons, et nous pourrons acheter
quelque chose à manger.
Le petit empereur de Chine se déshabille et leur donne
tous ses beaux vêtements. Tsi-Tsi sourit, elle lui prend la main
pour le conduire, et le pékinois Ouâ-Ouâ marche devant.

Au deuxième village,
les gens meurent de soif. Ils disent :
– Le Grand Dragon nous a volé toute notre eau.
Nous n'avons plus qu'un puits, trop profond
pour notre seule petite corde.
Donne-nous ta longue tresse
pour l'attacher au bout de la corde.
Le petit empereur de Chine
coupe sa tresse et l'attache à la corde.
Le seau peut descendre jusqu'au fond du puits
et remonter de l'eau.
Tsi-Tsi sourit au petit empereur de Chine,
elle lui prend le bras pour le conduire,
et le pékinois Ouâ-Ouâ marche devant.

Au troisième village,
les gens pleurent à qui mieux-mieux :
– Le Grand Dragon nous a pris notre joie de vivre.
Depuis, nous sommes toujours malheureux.
Donne-nous ton petit chien, il nous amusera
et nous rendra la joie.
Le petit empereur de Chine est bien triste, mais il donne
son cher petit pékinois Ouâ-Ouâ. Tsi-Tsi sourit, et elle prend
le petit empereur de Chine par la main pour le conduire
jusqu'à son village, le quatrième village, encore plus loin.

Dans le quatrième village, il n'y a plus personne.
Le Dragon Aux Yeux Verts a emprisonné
tous les habitants dans sa grotte.

Quand le dragon voit arriver Tsi-Tsi et son ami,
il gronde en crachant des flammes :
– Tu t'es enfuie, Tsi-Tsi ! Je devrais te manger !
Tsi-Tsi réplique :
– Pour me faire pardonner,
je te ramène un nouveau prisonnier !
Le dragon gronde :
– Qui es-tu, misérable ami de Tsi-Tsi ?
Si le petit empereur de Chine dit qu'il est l'empereur de Chine,
le dragon va le dévorer, c'est sûr !
Mais il ne doit pas mentir, c'est le ministre de l'École
qui le lui a dit. Et le petit empereur de Chine répond :
– Je suis l'empereur de Chine !
Le Dragon Aux Yeux Verts éclate de rire :
– Toi ? Ce n'est pas possible ! Où sont tes habits tissés d'or,
ta longue tresse et ton petit chien ? Je connais l'empereur de Chine.
Il a peur de moi, là-bas, dans sa Cité Interdite !
Ha ! ha ! ha ! ha ! Entre dans ma grotte,
petit mendiant menteur, je te mangerai plus tard.
Ha ! ha ! ha ! ha !

Quand la nuit arrive,
le dragon ferme ses grands yeux verts.
Tsi-Tsi fait signe à tout le monde de se taire,
et le petit empereur de Chine se lève.
Doucement, tout doucement,
il grimpe sur la patte aux griffes pointues.
Il a si peur qu'il tremble.
Il lui semble que les griffes remuent.
Et s'il allait se faire dévorer ?
Mais il sait ce qu'il doit faire, et sur le front du dragon,
vite, vite, il écrit les mots EMPEREUR DE CHINE.
 Le dragon ouvre alors ses yeux devenus bleus et dit :
– Tu ne m'avais pas menti,
tu es bien l'empereur de Chine !
Demande-moi ce que tu veux, je t'obéirai,
car je suis pour toujours ton serviteur !

Le petit empereur de Chine a demandé la liberté
pour Tsi-Tsi, sa famille et tous les habitants du village.
Il a demandé de l'eau, de la nourriture,
des fêtes et des feux d'artifice.
Il a demandé son pékinois Ouâ-Ouâ.
Et il a fait ouvrir les grandes portes de la Cité Interdite.

Et maintenant c'est le petit empereur de Chine
qui a beaucoup de choses à apprendre à ses ministres.

Dans la collection
Les Belles HISTOIRES

Claude Prothée
Anne Wilsdorf

Jo Hoestlandt
Anne Wilsdorf

Kidi Bebey
Anne Wilsdorf

Xavier Gorce
Yves Calarnou

Céline Claire
Aurélie Guillerey

Claire Clément
Jean-François Martin

Anne-Laure Bondoux
Roser Capdevila

Agnès Bertron
Axel Scheffler

Anne-Marie Chapouton
Amélie Dufour

Jacqueline Cohen
Bernadette Després

Marie-Hélène Delval
Pierre Denieuil

Mildred Pitts Walter
Claude et Denise Millet

Emilie Soleil
Christel Rönns

Michel Amelin
Ulises Wensell

Marie-Agnès Gaudrat
Colette Camil

Marie-Agnès Gaudrat
David Perkins

Anne Leviel
Martin Matje

Thomas Scotto
Jean-François Martin

Hélène Leroy
Éric Gasté

Jo Hoestlandt
Claude et Denise Millet

Alain Chiche
Anne Wilsdorf

Anne-Marie Abitan
Ulises Wensell

Eglal Errera
Giulia Orecchia

René Gouichoux
Éric Gasté

Marie-Agnès Gaudrat
David Parkins

Mimi Zagarriga
Didier Balicevic

Véronique Caylou
David Parkins

Fiches pédagogiques pour ces ouvrages disponibles sur www.bayardeducation.com !

Anne Mirman
Éric Gasté

Catharina Valckx

Claude Prothée
Didier Balicevic

Françoise Moreau-Dubois
David Parkins

Catherine de Lasa
Carme Solé Vendrell

Alain Korkos
Katharina Bußhoff

Gwendoline Raisson
Anne Wilsdorf

Chantal de Marolles
Boiry

Gigi Bigot
Ulises Wensell

Marie-Hélène Delval
Ulises Wensell

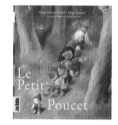

Marie-Hélène Delval
Ulises Wensell

Antoine Lanciaux
Samuel Ribeyron

Pascale Chénel
Britta Teckentrup

René Escudié
Ulises Wensell

René Escudié
Ulises Wensell

Marie Bataille
Ulises Wensell

Catherine de Lasa
Yves Calarnou

Pierre Bertrand
Michel Van Zeveren

H C Andersen
Ulises Wensell

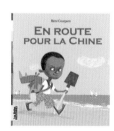

Rémi Courgeon

Olivier Dupin
Peter Elliot

Odile Hellman-Hurpoil
Régis Faller

Marie-Hélène Delval
Maude Legrand

Laurence Pain
Claude et Denise Millet

Marie-Hélène Delval
Ulises Wensel

Elsa Devernois
Yves Calarnou

Michel Van Zeveren

les belles histoires

Les histoires qu'on lit petit nous accompagnent toute la vie

Vous avez aimé cette histoire ?
Découvrez-en de nouvelles tous les mois
dans le magazine **les belles histoires** !

Dans chaque numéro :

• **Une grande histoire**
pour s'émouvoir, rire, frissonner...

• **Des rendez-vous**
avec des personnages attachants :
Zouk la petite sorcière
et Polo l'aventurier rêveur.

• **Une petite histoire**
pour jouer avec de nouveaux mots.

Pour en savoir plus, rendez-vous sur www.belleshistoires.com

ISBN : 978-2-7470-3218-6 – © Bayard Éditions 2000 – 18 rue Barbès – 92128 Montrouge Cedex
Texte : Michel Amelin. Illustrations : Ulises Wensel
Dépôt légal : juin 2007 – 7ᵉ édition – septembre 2016 – Loi 49-956 du 16 juillet 1949 sur les publications destinées à la jeunesse
Impression en France par Pollina s.a., 85400 Luçon – L78158B

Illustration : Nicolas Hubesch